Mの裏庭

目次

カバー彫刻作品　中澤安奈「婚礼の準備」
楠木　220×43×22mm, 2022
図版　中澤安奈

Mの裏庭

透きとおる記号

a=a

うまれたときからａはａ
隙間なくａを着こんで
気づけばａを脱げなくなった
等しさのほどき方を探っている

a≒a

よく似ていてもきのうのａ
おとといのａには戻れない
重ねた像の僅かなズレを
あしたのａに溶けこませていく

$a \neq b$

おなじ時代　おなじ生きもの
絡みあう集合体の住人どうし
磁力で寄り添うａとｂでも
アイデンティティは削れない

$a<b$　$a>b$

まっすぐなまなざしに
投影される重たい実像
ａはｂを　ｂもａを
濁らない意識でくぐらせる

$a \geqq a$

脱げないａと脱がないａ
不器用な歩幅でリアルを行く

揺れあって　左辺と右辺
記号を跨いでａをつらぬく

＊

＝　イコール　等しい

≒　ニアリーイコール　ほぼ等しい

≠　ノットイコール　不一致

a＞b　a大なりb　aはbより大きい　bはaより小さい

c＜d　c小なりd　cはdより小さい　dはcより大きい

e≧f　e大なりイコールf　eはfと等しいかもしくは大きい
fはeと等しいかもしくは小さい

昭和さんくちゅあり

あえて
やっかいな内側から攻めるのが
9歳なりの流儀だった
内から外へつながる鉄の棒に
腕を伸ばし　握る手のひら
曲げた膝　かける足うらも
陽の光と戯れていた

鉄の棒1本は1辺
いくつもの垂直と平行で
結合する正方形

組まれゆく立方体の
辺から辺へ
屈筋と伸筋は
なめらかな連動を編んでいった

狭い枠組みのなか
1本の隔たりで
すぐそばの友だちが遠くなる
だれかの
手足を踏まないよう
無言で呼吸をずらす
感覚が生まれていった

平面から立体を
くぐり抜けた汗と息づかいは
塗装もまだらな

錆びた鉄の
鎮めた息に内包され
まるみある辺のうえで
風と揺れあい熟れていった

きょうは横に3つから
きょうは縦横1つずつ
ちがう上り方でまいにち
内から外へ向かい
最後の正方形を
はじめて突きぬけた空は
一人称ひと色

下りては上り　また下りて
立方空間を自在に移動できた

ちいさすぎなく　おおきすぎない
からだとこころには
ジャングルジムがよく似合う
遊なるひとときが、あった

線

直線を1本ひく
渇きで充ちた空間を鋭く走り
一次元が　めざめる

2本が1点で結ばれる
角度がうまれ
時計の針は刻みはじめる
90度の交わりに
垂直が息づき
曲線だけで象られるにんげんの
背筋を伸ばす

3本で築く3辺3頂点
三角形は平面図形の原風景
1本　あと1本とつながる多角形は
おおきくちいさく反転回転
円　楕円も呼びこんで
二次元が
幾何学模様を綾なしていく

4直角で構える正四角形は
垂直と並行を自在に編んで
次元を越えた

多角形の屋根を乗せ直立する家
ビルと名を変えた直方体の
角と角

壁面の縦横な並列は
凸凹の高さで連なる街や
そこからはみ出そうとする
無定形のにんげんを
整えていく
透きとおった1線で

円かなハルモニー

長さは
おなじでもちがっても
直線3本　互いを結ぶと
三角形
最小単位の多角形
直線は辺に名を変え
角を構える

一辺足すと一角増える
多角形は
おおきくどこまでもおおきく

けれど　超大になりすぎると
角は鋭さを忘れ
いつのまにか
のみこまれていく
円
というかたちに

不動の中心点から
等距離にある点の軌跡が
円周
直線1本を円かに結び
曲線となる
わずかに欠けること
ゆがみも許されない
きびしさを
やわらかな面で

ひそやかに隠し
求められていく
満ち満ちることだけを

数めくり

ある日まで
数える
順番をつけるには
「自然数」があればよかった
〈なにもない〉ことをどう表わすか——
数の皮が
1枚めくられて
透きとおる「0」

存在しないものほど
気配の色は濃い

ここからはじまる
あそこへもどる
0を挟んで
正負の領域
数直線になる
数の地平がのびるひろがる

整数と整数の間にも数はある
めくられて「分数」
―ケーキを半分に切り分ける$=\frac{1}{2}$
―りんご5個＋3等分の1個$=5\frac{1}{3}$
整数も　たとえば$2=\frac{4}{2}$に
分数で顕現できる数はみな
「有理数」の集合体

分数よりもわかりやすく

実用性も追いかけて
「小数」に変換
1/4=0.25　3/5 = 0.6
割り切れない数は
1/3=0.333333………
2/7=0.285714285714285714285………
桁を連ねる規則性の環から
抜けだせない類
もうひと皮をめくれば
√2=1.414213562373095………
π=3.141592653589793………
不規則に数をならべるしか
生きゆく術を
知らない類
どこまで進んでも
分数で表すことのできない

「無理数」に
有機がにおう

数が数をひらき
有理数　＋　無理数　で
おおきくおおきくひとくくり
同一線上にならぶことのできる
数はすべて
「実数」の名で束ねられていく
一次元は平行移動
二次元のグラフで「虚数」と戯れ
三次元では
にんげんのことばとも融合
求められるときを待っている
ゆがみや尖りかたも覚えず
値　そのままで

分界

朝がとおくから
くぐり抜けてくるまえに
キッチンの窓を開けた
横長の枠いっぱいに
等間隔で交叉するのは
ほそくまっすぐな網戸の繊維
ちいさなちいさな正方形が
ひしめきあっている
垂直と平行は経緯となり
メルカトル図法
ひとつづきの海が

波を裏返して
においはじめる
張りのある稠密は
隔たりの面
まだ陽を覚えない空気に
紛れこんできた
にがいひかりと
両の手指から
すり抜けていった
実らぬままの感情が
真四角に整えられて
透明にすれ違ってゆく
じょうずにかたちになれず
砕けたもののざらつきが
直角という直角に
引っかかっている

まだ
だれにも触られていない
あたらしい空が
整然の海を
しずかに越えてきて
熟れていないトマトを
ひとつ
つめたい水でほそく洗った

こんな日もある

分数というかたち
$\frac{y}{x}$
2つの数が
線の上下で分子と分母
割って　割られて
真分数
仮分数
既約分数
公約数で小さく約分
整数をつくりだし分離付帯で
帯分数

分子が１の
単位分数は＝整数
表情が変わる

整わない心もまた分数
感覚も絡めて上へ　下へ
じぶんだけの基軸線が
足りない　余る　割りきれない
かたちにならない感情を
除していく
分子は分母に　分母は分子に
寄りかからず
立ち入らず
ゲンジツを受け入れる
不格好な靭さで
あたらしい顔に

＊分母が分子より大きい＝真分数
分子が分母より大きい＝仮分数
分子分母が互いに素である＝既約分数

漸近線

接点を
無理にもとめることはない
密に重なりあったなら
剥離していく時間が
ふかくながく痛い
きみは
その視点から直線を曳き
わたしは
だれにもない曲がりかたで行く
それでも偶然
線と線が

限りなく近づくことがある
触れられそうで
触れることのできない
空隙には蒼がにおい
秒に満たない差で交わされた
ちいさなことばが
たがいに伸ばした指の尖りに
手触りを
またたき残すことも

＊漸近線＝曲線C上を点Pが限りなく遠くへ移動する時、Pからの距離が無限小となるような定直線lが存在するならば、lをCの漸近線という。

作図模写ともに『広辞苑』第七版（岩波書店）より

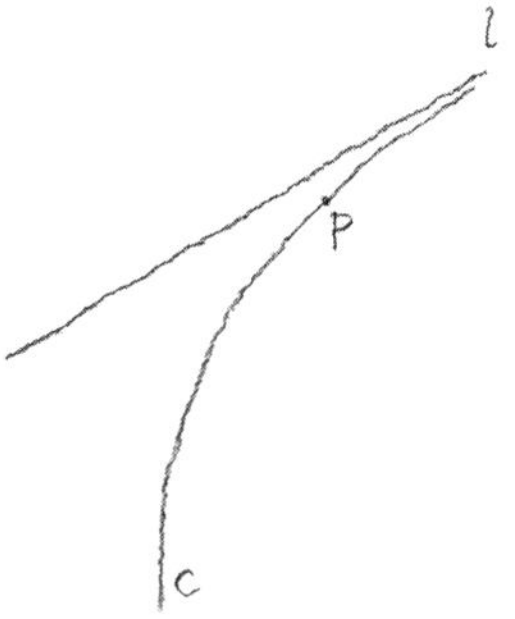

数な宙

おおきくひろげた手のひらを　自然数の中にまっすぐに入れて
1から300までひとつかみ　素数だけを　空にならべる

2 3 5 7
11 13 17 19
23 29
31 37
41 43 47
53 59
61 67

211 191 181 151 131 101 71

233 223 193 173 163 113 103 83 73

227 197 167 157 137 127 107 97

239 229 199 179 149 139 109 89 79

281 271 251 241

293 283 263

277 257

269

（1を素数としない考えが現在の主流）

1を除く計62個
最小は　ただひとつの偶数2
2、5以外では
一の位が1、3、7、9　いずれかになる
約数は　1とじぶんじしんだけ
ちいさな約束で
不規則に分布する
素顔の数

素数ではない自然数＝合成数に
視点をおく
6=2×3
78=2×3×13
154=2×7×11
すべて
素数どうしの積に分割され
数の実に

孤に生きながら
他の数やことばとも
ゆがみなく結ばれ
ほどかれれば
かわいた個に還る
出現の蓋然性にも

しなやかに寄り添い
自然数の足跡で
空がつながる宙に
まだだれも辿り着けない値を
未知のにおいで
点在させて

（十進法に基づいて言葉を選択）

直線

直線のかなしみは
かたくなさを希まれること
撓んではいけない
ねじれず曲がらず伸びゆき
まっすぐな1本の路
交叉や迂回も遠ざけて
つらぬくすがたを
要されること

意思もなく曳かれた1線で
感情も示さないまま

分界してしまうこと
邪悪——善良
虚——実
肯定——否定
たおやかさを線の裏に
隠しつづけていくこと

さびしいのは
次元を超えるとき
線と線が組まれて
図形を編まれていく瞬間
辺とよばれて
呼吸をしまいこんだ
直線として
生きていた日の

Square

正方形に
対角線を1本ひく
1×1の構えに
敷きつめられていた
ましかくな沈黙が
断たれ
直角三角形2つ
ピタゴラスの定理が

$1^2+1^2=2$

平方根をはずすと
$\sqrt{2}$

有理数の辺と辺
あいだをわたる斜辺を
分数で表すことができない
循環小数にもなれず
つかみきれない無理数が
傾斜を
抑制のない色彩にする

$1.41 < \sqrt{2} < 1.42$

もう1本対角線をひく
直交する点は正方形の中心
180度回転させる
あたらしい像が
もとの正方形と
まったき重なりで点対称
対辺の中点どうしを結び
水平線　垂直線

さらに
対角線を2本呼んで
たて　よこ　ななめの線対称
まわり　まわれば
角は
角度から遠ざかり
長方形　菱形　台形　平行四辺形
すべての性質を満たす
ただひとつの
図形の表情もうすれて
表も　裏も
ないからだに

＊ピタゴラスの定理＝三平方の定理ともいう。

ｃを直角とする直角三角形ａｂｃでは、$a^2+b^2=c^2$が成立する。

この定理の証明は、200種を超えるといわれている。

＊無理数

無理数を厳密に定義することは非常に難しい問題とされている。

有理数と無理数を合わせて実数とされているので、実数の定義ができれば、有理数でないものとして無理数が定義される。

√、π、自然対数の底ｅなど、２つの整数比で表すことができないもの。

親和数

めぐりあわせに法則はない
規則性もないのは
数の地平でもよく似るところ
1から1000まで
対となる自然数をさがす
唯一見つけだされた
220・284
じぶんじしんを含めない約数を
こぼさずに足してみる

220――1+2+4+5+10+11+20+22+44+55+110=284
284――1+2+4+71+142=220

意図が踏みこめない約束に
みちびかれた数と数
おなじ水気を思いかえし
すき間なく結びつくと
やわらかに充実して
たがいを
顕かさで照らしはじめる
個の輪郭も
しだいに透きとおって

＊親和数＝友愛数ともいう。２つの自然数ａ、ｂがあってａの約数の和がｂに等しく、ｂの約数の和がａに等しいとき、ａとｂを親和数という。現在まで知られる親和数は、すべて偶数同士、奇数同士である。最小の親和数は（220・284）10000までは（1184・1210）（2620・2924）（5020・5564）（6232・6368）の４組。現段階では1200組余りが発見されている。

−1個をかじるとき

虚数　と呼ばれる数がある
imaginary number だから
通称は　i
定義は $i^2=-1$
簡潔だが意味不明
ひとは学びのはじめで
正の数×正の数＝＋
負の数×負の数＝＋が
すりこまれていくから
2乗して−1になる数の理解は
困惑のらせんをながく曳く

けれど　現象として
存在しないりんご−1個を
だれもが計算上では迷いなく
負の数として受けいれている
実数＝real numberも・iも
にんげんから考えだされた
想像上の数だったことを
ときどき忘れている

・iの仕事を見学する
翼まわりの空気の流れ
電流電圧の交流回路
目には映らないけれど
かならず起こっている現象を
明徹にしめすには
・iの性質が必要不可欠

実数とつよく結ばれて
不明な意味などふわりと超える
しなやかに複素数となり
数式を編みだしていく

座標へあそびにいく
横をx軸とする
0を中心に右側に＋　左には－
πや√もふくめた実数の庭
0を交点として
縦のy軸はiの領域
xとyそれぞれに与えられた数値が
交錯する1点で
複素数に生まれかわる
縦×横で複素数平面
横移動だけが許されていた実数も

二次元へ踏みこんでいき
あたらしいもの　たしかな情報を
つぎつぎもたらしていく

ことばも
にんげんが作りだしたもの
時間をx軸に敷く
現実から逃れられない日常の点在
y軸にはiによく似た
心象や思考　想像のちからが位置につく
ことばとこころの景が
繊細に組みこまれ
複素数平面にたたずむ
実在しないのに
もどかしげに貌になりたがる
するどい角度もめざめて
詩のことばにもなる

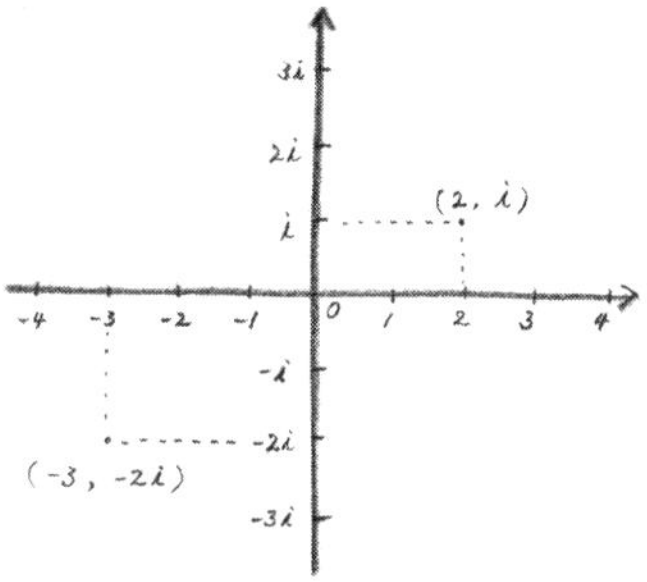

topology

あたらしい輪ゴムを1本
両手の親指と人さし指にかけ
ゆるやかにひらく
たて×よこ　平行をほどこせば
四角形
人さし指の先と先をむすんで
三角形
渇いた空間を角度がくり抜く
けれど　指から外したとたん
にぶい伸縮で素っ気なく
まるいかたちにもどってしまう

木目のテーブルにそっと置く
中心で反転させれば
柔和な8の字
交点を左の中指できつく押さえる
輪に右の3本をからませ
ねじりねじってこまかな綾の目
現実に希いだけを巻きつけても
うつくしく編まれていくことはない
指をはなすと
もどかしい逆回転で楕円にかえる

もういちど指をくぐらせ
方形の窓
透過する空がめぐり　街はゆく
直方体のビルは

垂直と垂直が背をあわせて
平行な影をおとしている
直線と曲線が交錯する路は
のびゆく矢印
導かれる見知らぬ街では
やわらかな雨があがり
風がふくらむ

10本の指先がさぐるのは
抗いの底に沈むちから
枠をひろげた瞬間
切れて
はじかれた指と指からは
かすかにゴムがにおう
1線と化した端と端は
冴えた空気にわずかな竦み

直線になれず
楕円にもどれず
まるみを残したまま

＊topology ＝位相幾何学
日本では、主に位相数学を指す。

位相とは、集合に適当な構造を与えると、極限や連続の概念が定義できるようになる。そのような構造を位相という。

ただし、ここでは〈ぐにゃぐにゃと変えても変わらない形の性質をあつかう幾何学〉という平たい思考をもとにしている。

たがいに素

受身を脱げない数は
ことわりもなく
相性を試される

整数では
5と13　＝1以外の公約数がない
整式ならば
(x+1)(x+2)　と (x+1)(x+3)　＝公約数は x+1 のみ
5のかなしみを
13はこぼさず受けとめられない
(x+2) のにがい渇きが

（x+3）の調べにのりきることも
むずかしい
けれど　まったき重なりが
ひとつ
こく　するどく
照らされている

束ねられる条件に
とつぜん
接点がはじかれることもある

〈奇数の集合〉と〈偶数の集合〉
相対するフィールドでは
おなじにおいの数だけで集い
もう整列をはじめている
隔たりは交叉点

たがいを
眼の端で追っていても
すれちがう
息と息は
それぞれの透過性を
きわめて

・二つの整数の間に1以外の公約数がないとき、これらの二数は「互いに素」である。

9と22　20と33　も一例

・二つの整式F(x)とG(x)が定数以外の公約数をもたないとき、F(x)、G(x)は「互いに素」である。整式のときでも、公約式ではなく公約数とする。

・二つの集合MとNの共通部分をもたないとき、MとNは「互いに素」である。

Routine

吊るされているきみを
きょうも迎えにいく
狭い居間の窓をおおきく開ける
質直に穹を食んできた風が
影を隠して
うずくまる温気を
たまゆら逃がしていく

細長い胴の先には
平らかに束ねられた穂たち
絨毯にまっすぐ立たせる

おしつけてはいけない
右から左　手首を返し　左から右へ
穂先は柔和にひらかれ
短い毛と毛の隙間に入りこむ
擦れる声でかき出してきたのは
きのう
わたしという生物から
痛みも残さず剝がれていった
皮膚のかけら　数本の髪
とうに植物ではなくなった穂が
埃や紙切れも呼びよせて
無機質な集合体をつくる

台所の磨り硝子に陽がおよぐ
並行をわたす古い板の目に
従順な歩みをうながす

隅に対せばしなやかな針
直角を削る
散らばっている日常の残余を
あつめる穂先は繊毛
昇華を忘れた
半透明のかなしみを
からませていく
食卓の下で息をひそめている
トマトの蔕　ビスケットの粉
ちいさな怒り　しばられた言葉も
渇いた摩擦の音階で曳き
あたらしい空気を招き入れた

稠密する穂の向きをなで整える
陽が斜めにしか射さない壁に
また吊るす

率直に垂れるきみは
刈られるまで
青く吹かれていた
風の輪郭をなぞって眠る

円環

まっさらな紙は横向きに
削りたての鉛筆で
点ａ、ｂを打つ　　　　（＝焦点という）
　ａｂ間の距離よりもながい糸を１本
両端を２焦点に固定する
糸をいっぱいに張る
角度がめざめ頂点Ｐ
糸でくくった鉛筆の尖端を
そっとのせる
Ｐが歩みはじめる
微細な黒鉛をこぼしながら
たゆみなく曲線を結んで

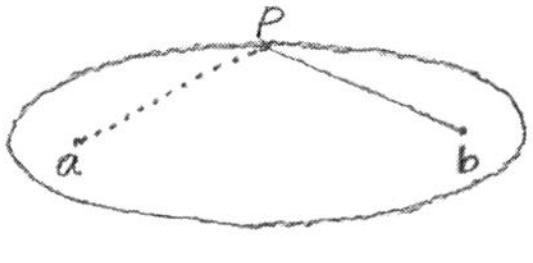

長円

意志ある眼が
視つめかえしてくる

あらたな紙に
距離を縮めたａ・ｂをしるす
Ｐが描く
圧しつぶされたした環は
落ちゆく夕陽
2焦点をとおる直線は
水平線
深い水底へ
引き込もうとしている
沈みきることへ抗って
かたちを歪ませる微熱が
鉛筆をにぎる指先に

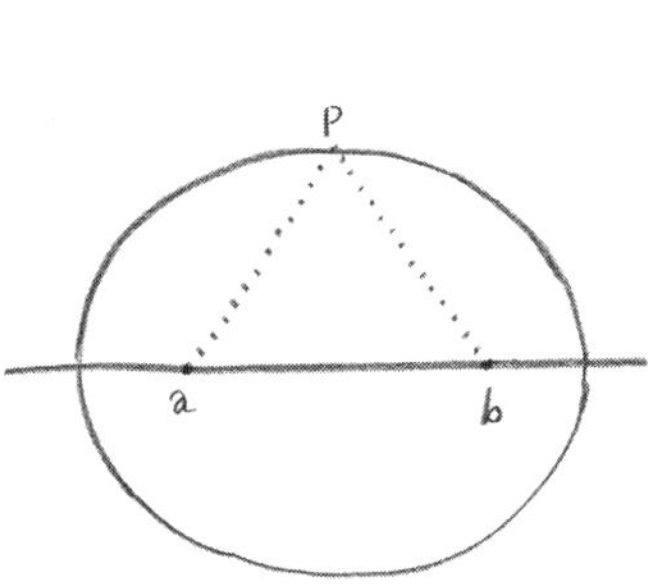

ほのかさを灯す

さいごの
紙の真中でａ・ｂを重ねてみる
焦点は中心点Ｏとなり
Ｐは
欠けることを知らない
円環を
白い矩形に浮きあがらせていく
ほそくなり
ふくよかにもなる
楕円の軌跡を
影ごとのみこんだ
黒い鉛の
にぶい艶で

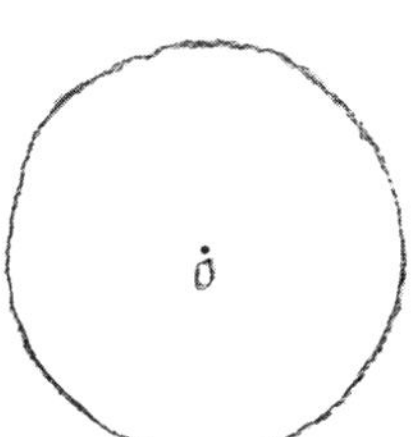

＊「楕円」＝別名「長円」

2定点F、F'からの距離の和が一定な点の軌跡を　楕円　といい、その2定点を焦点という。

いのり

日常を拭きとった食卓に
空がにおう折り紙を1枚おく
やわらかさを集めた指先で
1対の直角をあわせて三角形
半分　さらに半分と
閉じこめた光が
内側で洩れだすことも拒む固さで
三角形を重ねていく
平面からはみ出し
立体にもなりきれなかった
いびつなかたちが

木目の微細な傷といっしょに
ちいさく横たわっている

縮小されたからだの
ひと折りひと折りをほどく
たたみ隠していた
にがい思惟
飛べなかった意識が
ひそやかに拡散されていく
さいごの山を平らかにする
線の谷にあわい影を曳きながら
三角形と四角形が
たがいの欠落した痛みを
もどかしげに分かちあっている

張りをなくした1枚を裏返す

白い街がめざめている
直線と直角が渇いた結合で
整然のほそい路みち
おもたい眼を沿わせると
外へ向かいたがる路には
あたらしい水が
めぐりはじめる
充実にむかう音階をわすれ
沈殿していたことばが
いのりの気泡につつまれ
浮かびあがった

空集合 ∅

数学のフィールドに立ち
〈集合〉と真向かう
ものの集まり　という
ことばの曖昧さはない
明確な条件と
それを満たす要素と濃度が
顕示されていく

（集合をもっと近くに感じるために、条件＝袋　要素＝リストとする）
集合Aの袋に1から7までに在る偶数を入れる
リストは｛2,4,6｝の3つとなり

集合Aの濃度は3

集合Bの袋に正と負の整数の集める
リストをb = {……-3,-2,-1,0,1,2,3……}と表記
　B ∋ b または b ∈ B
　要素ひとつひとつを見ても
　　$-9 \in B$　$\frac{7}{3} \notin B$
属するか　属さないか
リストの容量が無限大ならば
濃度も無限大
条件と要素だけが
真空によく似た地平を
無音の響きでひろげていく

フィールドラインから1歩外に出て
〈0〉の概念をひろう

リストをひとつももたない
じぶんじしんも
じぶんの要素に含めない
空っぽの袋が
けはいで現われ
日常を匂わせはじめる
角膜には届かないのに
感知させてくるもの
透きとおった輪郭で
浮かびあがってくるもの
∅は
0濃度を積みあげて
フィールドを越えた
ことばになりたくても
なれなかった
詩の余白にもなる

＊$\ni$「要素として含む」と読み、その集合に属する、$\not\ni$は、その集合に属さないという意味。

＊数学の対象は原理的にすべて集合の世界で表現できることが信じられ、集合の上に数学を展開する舞台として認められるようになったが、「集合とはなにか」という問いに対し、基礎的なものをもって答えることが未だできていない。

スウコさんの微積な one day

- 6時起床――カーテンを開ける　ベッドを整える　洗濯機を回しながらヘアメイク15分と身支度　ゴミを出す
- 7時　――テレビと朝刊でニュースチェックしながら朝食
- 7時40分――出勤　運動不足解消のため地下鉄駅まで20分歩く
- 9時～17時30分――就業
  （オフィス内の細かな移動、昼食などカラダも知能もそれなりに活動）
- 19時30分――帰宅
  （途中、ATM、書店、スーパー、ドラックストアに立ち寄る）

前日の残り物＋肉入り野菜炒めを作る（肉の脂身は
しっかり除く）
・20時30分――夕食を摂りながらメールとＬＩＮＥチェック
・21時――YouTubeからＢＧＭを選んで片付け&簡単な掃除
・22時――歯磨き　入浴　その後は
動画orテレビor読書などなど放電時間
・23時30分――就寝

行動ひとつひとつが微分の実
（微分とは、ごくわずかな変化の割合＝変化率）
その実をあつめると
43歳と97日目の
キマジメ　スウコさんの
one dayが復元
∴

すべてのひとに
与えられた平等な24時間
オリジナル色の微分を
取りこぼさずに積めば
まったき1日の
積分となる

鏡のくに

y=f(x)
関数の原型
xが決まればyの値もかならず定まる
鍵となるのが
f=function
写像機能をもっている
関＝函＝箱
数や式が代入されたxを
fという箱に入れ
変化した値が
yの姿で写しだされる

自動販売機にお金を入れる
からだがいちばん欲する
ｘ番目のボタンを押す
取り出し口に現れた
冷たいアイスカフェオレがｙ

y=f(x)
ｘとｙ
一対一対応とは限らない
ｘが取りうる値の定義域（範囲）を広げれば
ｆは
領域ｙを写像で示す
概念を
自然界まで転がしてみる

斜めの光に射されたｘを
ｆに溶かしこむと
屈折した影を
ｙはながく曳いていく
$y=f(x)$
ｆに
割りきれなさを抱くにんげんの
体温を移す
底のない穹の蒼を
ｘへ代入
ｙに写しだされたのは
もう
会うことができないひとの
手のひらの厚み

$y=f(x)$

冬の空気が冴えゆく音を
ほそく束ねて
ｆの背にそそぐ
ｘには
縮小できないあやまちを
置き去りにしてきた希みが
角の欠けたうすい氷で
いまｙに

＊関数：数の集合Ａから数の集合Ｂへの写像のこと。
y=f(x) がその原型

雑閙

力感のない指で
ちかくとおくひとがつながる
指紋の付かない money もまわる
電磁の波がうねる街
つぎつぎ剥かれていく時代に
ふさわしく行き交う靴音を
周回遅れの歩みで聴く
踏まれていくアスファルトは
装いの蓋
整然と流れる暗渠の下に
とおい時間が閉じこめられている
浅い春の夕まぐれ

痛みより遅れて泡立ってくる感情を
とがる風が突いてくる
垂直で構えるビルとビル
直角に切りとられた空が
陽をたたみながら
おおきな視線で透いてきて
曲線だらけのからだは
いっそう歪んだ影を
矩形の壁面に溶かしこむ
シグナルが青になる
つま先というつま先の
迷わないベクトルに圧され
ひとり立ちどまる
この先が　やがて
〈終わりのとき〉につながるのだ――
縮小された残りの生を

あかるい孤独の温度で知る
歩き疲れた足裏が痛い
ちいさなリアルが
〈いま、ここに在ること〉の
意味を抜きとり
たしかな感覚だけをおろしていく
赤から変わる
右足を前へ
あたらしい情報が
迅速にcurationされては
跡ものこさず塗りかわる街の
粗い流れに
ささやかな接点で
まぎれこんでいく

＊curation：収集した情報を分類し、つなぎ合わせて新しい価値を持たせて共有することをいう。キュレーションを行う人はキュレーターと呼ばれている。

Single Seed

仮学名　Single Seed
仮和名　ヒトツブダネ
原産地　ヒト圏ココロ地方
特徴　種の種類、色、大きさ、形に定型はない
蒔く人のみが知る挑戦のひと粒であること
効果　最後までじっくり育てあげるとその人の内側が豊かになっていく

注意点　何の種を選んだかを誰かに語ると効果はほぼみられない

蒔き時　通年いつでもよいが何か目指すものを見つけたときが最適

栽培場所　やりたいことと　やるべきことと　やれることが
ひしめき合うこころの交点

栽培ポイント

発芽まで　長年の悲哀でじゅうぶん湿っているので　水はいらない
翳りには慣れているから　光は少しあればよい
冷淡にも穏和にも対応力があり　温度に配慮を要しない

発芽あと　たまにうれし涙を一滴落とすと　柔らかな若葉が繁る
折にふれ陽に向かうことで　のびやかさが甦る
ふいにかけられる気づかう言葉に　適度な温もりを覚える

肥料

栽培中のみ体験できる沈黙と沈思の自由時空間を
ゆったりと浮遊させる

成育の奥義

なかなか発芽しなくてもおおらかに時を待つ
たとえ成長が遅くても、諦めるか希みつづけるか
極点の重さの違いを熟考しながら見守り続ける

開花

たったひとつの小さな蕾でも開いた瞬間には
密やかにほほえんでみる

結実

実にそっと触れたあと、からだを投げだし空いっぱいの酸素を
全身で吸いこみ、欠伸することにも飽きるほど休んだなら
またいつか種を蒔く準備をはじめる

参考文献

『数学小辞典』共立出版
『ビッグクエッションズ数学』ディスカヴァー・トゥエンティワン
『高校の数学を復習する本』KADOKAWA
『もう一度高校数学』日本実業出版社
『形と曲面のひみつ』さえら書房
『数学の傑作を味わう』SBクリエイティブ
『新装版　数学読本1』岩波書店
『広辞苑』第七版　岩波書店
『Newton 別冊　数学の世界』ニュートンプレス

あとがき

学生時代、数学の成績はけっしてよくありませんでした。

今にして思えば、〈できない〉だけではなく数学の魅力を見出せず、力の注ぎかたを探る気になれなかったのだと思います。

ところが、わたしの長男は数学が大好きな少年に育ちました。

中学生、高校生だった彼から雑談として語られる数学の礎が、わたしの奥底で眠っていた繊毛を少しずつ揺らしはじめました。

「線は点の集まりなんだよ。限定しなければ、数や線に終わりはない」

「無いものを表現するために他の数字より遅れて生まれた数が、0なんだよ」

「三角形の内角の和は、僕やお母さんが死んでも永遠に180度であり続けるんだ」

知っていたはずのことを何も知らずにいた自省と、目覚めの時間にもなりました。

年齢を重ねても、事あるごとに萎え、いつも自信がなく不確なじぶんがいます。

それに比べ数学は、何が起きてもどんな時代が巡ってきても、いかなる定理も動じることなく、端正な地平を広げてくれています。愚痴もこぼさず、気負いなく、泰然と。その姿に触れるたびに、わたしの背筋はまっすぐさを取り戻し、微かな安寧にほぐれていきます。

けれど、数字や図形が日常に溶け込みすぎたせいか、存在自体の質量や尊さは、人々から忘れられがちです。正確に役割を果たす数学の裏側に見え隠れする、寡黙な翳りと切なさが、わたしの拙い言葉を引きだしてくれる気がします。

数学も、言葉も、いにしえびとがつくりだしたものです。ここに共通項がひそんでいました。わたしは、数学者でもプロの文筆家でもありませんが、もし、数学の清冽な佇まいと言葉が織りなす綾に、親しみを抱いていただけたなら幸いです。

十年前には遠い希みだった詩集をここに編むことができました。嫌な顔一つせず根気強くわたしの疑問に答えてくれる息子と、レイアウトなどいつも相談にのってくれる娘にも、たっぷりのありがとうを。

また、本文中の図版と表紙に、ちいさな陽だまりにも似たまどかな表情をもたらしてくださった、彫刻家の中澤安奈さんにお礼を申し上げます。

最後になりましたが、憧れやまない北村太郎氏ゆかりの出版社であり、一冊一冊の本の佇まいに繊細さが行き届いた作り手、という敬いから押しかけてしまったわたしを、快く受けとめ、真摯に向きあい、的確なアドバイスをくださった「港の人」上野勇治さんに、心からの感謝を捧げます。

二〇二三年　初桃のころに

中村郁恵

中村郁恵　なかむらふみえ

札幌市生まれ。札幌市在住。

一九九四年、転勤先の函館市において「文章教室」と出会う。講師だった作家　故・木下順一氏より書くことで広がる地平の厳しさと豊かさを享受する。散文は、この教室の流れを汲む函館「八〇〇字会」に現在も送稿で参加。二〇一二年より札幌「グッフォーの会」に在籍し、詩人・評論家の笠井嗣夫氏のもと、詩作をはじめ精進途上中。

Mの裏庭《うらにわ》

二〇二三年八月二十日初版第一刷発行

著者　中村郁恵
発行者　上野勇治
発行　港の人
神奈川県鎌倉市由比ガ浜三―一一―四九
〒二四八―〇〇一四
電話〇四六七―六〇―一三七四
ファックス〇四六七―六〇―一三七五
www.minatonohito.jp

装丁　港の人装本室
印刷製本　シナノ印刷

ISBN978-4-89629-423-1

Mの裏庭

中村郁恵

港の人